weissbooks.w

Jochen Kelter, geboren 1946 in Köln, Studium der Romanistik und Germanistik in Deutschland und Frankreich. Erzähler, Lyriker, Essayist. Lebt im schweizerischen Ermatingen am Bodensee. Verschiedene Literaturpreise und Auszeichnungen. Wichtige Publikationen: *Bodenseegeschichten*, hrsg. zusammen mit Hermann Kinder, *Eine Ahnung von dem was ist* (Gedichte), *Verweilen in der Welt* (Gedichte), *Hall oder Die Erfindung der Fremde* (Roman). Zuletzt erschienen bei weissbooks.w *Hier nicht wo alles herrscht* (Gedichte, 2014) und *Die Möwen von Sultanahmet* (Gedichte, 2015).

Thurgau
Lotteriefonds

Der Verlag bedankt sich bei der Literaturstiftung Oberschwaben und dem Lotteriefonds Thurgau für die Förderungen.

kulturstiftung
des kantons thurgau

Der Autor dankt der Kulturstiftung des Kantons Thurgau für die Unterstützung der Arbeit an diesem Buch.

Jochen Kelter
Wie eine Feder übern Himmel
Gedichte

weissbooks.w

Wie eine Feder übern Himmel

Für Tilla

I

Auf dem Grund der Zeit

Himmelfahrt

Heute ist der achte Mai
schon morgen Himmelfahrt
reimt sich noch immer
auf Kommando nur wird
der Herr jetzt hoch versorgt
nach Geburt und Tod am Kreuz
und kehrt zurück als Geist

Die Litanei ist durch das halbe
Jahr schon bald vorbei und hat
doch kaum geblüht kein einzig
Mal geglänzt wie Lenze glänzen
sollten ich schaue auf den Grund
der Zeit und er ist grau
zur Gänze leer

Auf dem Grund der Zeit

Ich laufe auf dem Grund
der Zeit in der Rue Mazarine
der Rue de Seine der Rue Jacob
zur Akademie der Schönen Künste
wo einst alles schon zu Ende war
als es endlich begann

Ich laufe durch die Rue
des Saints-Pères diese Strasse
der Geister die Kastanien
blühen bei Saint-Germain-des-Prés
die Menschen schwärmen gehüllt
in Pullover mein Herz blutet

Nicht es ist lange versiegt
ich laufe auf dem Grund der Zeit
die Leute sind andere als dazumal
waren sie schauen nicht was nie
betrachtet wurde und heute nicht
mehr zu sehen ist

Fontainebleau

Alles spricht von eurer Abwesenheit
die Wolken im hohen Himmel
euer verlassenes Schloss so beredt
zusammengesetzt aus Jahrhunderten

Dein Verlangen François mit Rosso
Fiorentino und seinen Compagni
nach all den Niederlagen endlich
Italien zu installieren vergeblich

Louis dreizehn bis fünfzehn kühler
Backstein und Pomp der neureiche
Arrivismus der beiden Bonapartes
auf dem Wasser des Bassins neben

Dem englischen Park kräuseln sich
die Wellen über dem Grund der Zeit

Vom Antlitz der Welt

Mir fehlt die Kraft
der Einfall des Augenblicks
und jener der wärmenden
erhellenden Sonnenstrahlen
die meinem geringen Geist
Farben und Worte verleihen

Die ich so allein leihe um
unter dem grauen Himmel
derer zu gedenken die ganz
ohne Abschied aus der Welt
mählich verschwunden sind
ich rufe euch auf unter die

Traurigen Himmel Avraham
Genosse Professor Volkmar
Mentor in New York mit den
immer ironischen Augen aus
Frankfurt vor aller Zeit
am Main endgültig gelöscht

Vom Antlitz der Welt auch
den Angler in Cornwall der
mir Fünfzehnjährigem vom
Krieg den ich nicht wusste
erzählte erhebt euch ich bin
allein auf dem Grund der Zeit

Normandie

Die Scheinwerfer des Eiffelturms
rotieren durch die Regenwolken
der Pfingstnacht vor meinem Fenster
wie die suchenden Scheinwerfer
der Flakgeschütze in der Normandie

Die Scheinwerfer von den Türmen
der Lager immer wieder Männer die
sich aus Sturmboten und Flugzeugen
auf den dunklen Kontinent stürzten
ahnungslos in Stacheldrahtverhauen

Vor Bunkern in allen Gasöfen
unter allen Galgen des Jahrhunderts
verreckten mit dem v-Zeichen und dem
Tod im Gesicht vor die Kameras laufen
auf den einzigen Grund unserer Zeit

Eiserne Zeit

Was bliebe zu sagen
wo wir nach dem langen Winter
dem kalten Frühjahr einem dunklen
Jahrzehnt mit Staub auf den Seelen
zuzutreiben scheinen

In dem die Enkel der Pétainisten
Pfeilkreuzler Eisernen Garden
die Kreditlosen die Jobabhängigen
ohne Job die Roms ohne Mehrheit
von den Strassen verjagen

Da in der rauen Kälte Mensch
Mensch wieder zu Boden zwingt
als sei Geschichte ein kurzer Traum
Schläger Aufstellung nehmen
vor der Hand der Geldschneider

Dass wir nach kurzem
Leben hinter den verstobenen
Gefährten unaufhaltsam auf
den Grund der Zeit sinken allen
Vergessens und ohne Widerstand

Wienzeile

Sie haben alle müde Münde
Und helle Seelen ohne Saum
Rainer Maria Rilke: Die Engel

Ich bin an keine Frau gestossen
die mich gehalten hätte keine
die ich hätte halten können
die Wolken gehen lastend grau
über Wien die Donaufluten sind
nicht zu halten Land unter bei
Klosterneuburg die Menschen
sind bei sich selbst verschollen
wir werden uns meine Freunde
nicht wiedersehen auf dem Grund
der Zeit wenn im Prater die Bäume
wieder blühen werdet ihr andernorts
weilen werde ich die Wienzeile
ablaufen rechter wie linker Seite
die Zeilen die mich noch halten

II

Nach der Natur

Meteorologie

Noch kein Sonnenstrahl
und keine Sommerzeile haben
bisher auf das weisse Blatt
Papier auf meinem Tisch gefunden

Erfasst werden fortan
die virtuellen Sunshinetage im Netz
denen die Störe am Grund
und das Azorenhoch gleichgültig sind

Nach der Natur

Nach all dem Grau
das lange Monde auf den Fluren lag
der kalten Nässe in den Feldern
mag nun der hohe Himmel
und das Licht im Juli die Sonne
die bei ihrem Untertauchen
noch ganz weit nördlich die Vulkane
streift bevor der See erlischt
zu spät gekommen sein zu verhindern
dass in den Oktoberstürmen
in den Winternächten die Menschen
in die Wasser steigen um an keinem
Ort mehr anzulanden

De vieille manière

Wieder steht der Sommer
hoch und weit und wölbt sich
übern See und die Vulkane
schickt bauchig weisse Wolken
unter den azurnen Baldachin
macht uns vergessen wie lang
die feuchte Kälte in den Angern
unterm grauen Himmel stand sind
wir dem Sonnenumlauf ausgesetzt
den Jahresringen unseres Lebens
oder trotzen wir den dunklen Zeiten
den mediokren Zufallsherrschern
die uns in Niedertracht stets
niederhalten wollen und ihren
tumben Hauskaplanen entgegen
den Prospekten unser Leben ab?

Nächtliche Terrasse

Die Blätter des Lorbeers schauen
des Euonymus Japonicus wie sie
treiben die Bildermaschine hinter
der Stirn die mit ihrer eigenen
Wirklichkeit seit je die panische
Furcht vor der Auslöschung antreibt
mit dem Fühlen des Verstands
hinter die Schranken der Seele
weisen hochgradig spezialisierte
Todesmaschine unangreifbar
eingepflanzt von allem Beginn
in die schweigenden Bäume blicken
im mählich schwindenden Licht
wie sie jede Angst überdauern

Bis zum Herbst

Yr Wyddfa lese ich Snowdon
sei der höchste Berg in Wales
und fahre kurze Zeit später an
dem renovierten Bauernhaus
vorbei an dessen Giebel jetzt
das Wort »Snowdon« prangt

Vorbei am Sommer dem gelben
Getreide den weissen Wolken
zu Snowdon hat sich zum Blau
des Säntis gesellt vom kleinen
Berg bis ins kleine Land ist
die Welt vorderhand eins

Erinnerung

Die Silhouette der alten
Stadt über dem Spiegelsee
der Turm des Münsters auf den
eigenen Schultern neben

St. Stephan die Rosenranken
entlang dem Ufer der Mond
voll Baumkronen dunkel
hier sei das Paradies

Plastik Pappbecher Bierdosen
Fast Food Event Gegröle
Geschmier auf allen Wegen
der Dunkelkammern

Der Erinnerung eine alte
Apfellandschaft am Rand der
Gipfel der jungen Geldrepublik
aus lauter braunen Geistern

Postkarte

On an Italian lake
sagt einer als sei es vor
dreissig Jahren ins Telefon
fern von Geleisen und Bomben
zwischen den südlichen
Bäumen das glitzernde Wasser
des Sees vor den grünen Bergen
wir in der mittäglichen Hitze
geschützt im schläfrigen Schatten
der Terrasse kein Schiff pflügt
hier die Wellen der Zukunft
wir schauen dem Tag zu wie er
mit dem falbenden Licht
in den Abend geht

III

Nach Piräus

Sommer einundvierzig

For nothing now
can ever come to any good
W.H. *Auden: Twelve Songs (*IX*)*

Es regnet Sommer
auf den gepflasterten Strassen
der schwarzweissen Bilder
mit den Fassaden der Restaurants
dem Foxtrott und neuen Jazz

Dann marschieren auf den
schon kolorierten Aufnahmen durch
dieselben Strassen Braunhemd –
Kolonnen mitten durch Damen
mit Hüten und Hündchen

Juda verrecke! Und auch jetzt
in Kiew sind die Bilder koloriert
wie SD und Wehrmacht Zivilisten
exekutieren im Sommerlicht
Kopfschuss Genickschuss

Ab hier war jeder schuldig
der nicht schon geflohen verhaftet
ins Lager zu Tode gekommen war
zerschlagen zertrampelt zerstört
vor dem Sommer der Bestien

So fern so nah

Du warst mit deinem
ungeheuren Schein dem hellen
Lächeln aus den blaugrauen
Augen über allem Weiss schon
damals uneinholbar nah und fern

Es sind so viele Rosenkriege
Kümmernisse kleine Tode grosse
Verzeichnisse irdischen Seins
an uns vorbeigezogen dass wir uns
aus weiter Nähe nicht mehr sehn

So fern bist du mit deinem
bitteren Mund so abgrundtief
der Seele eingenarbt die kennt
dich lange schon nicht mehr so nah
ist all unsere Vergangenheit

Nach Piräus

Die Melodie des Akkordeonspielers
wird leiser wie er dem nächsten
Wagen zugeht ich verstehe den Text
nicht aber ich weiss ihn
als er um eine Gabe bittet
es ist das Lied von Leben und Tod

Für das er um eine Gabe bittet
das sich verliert als er zum nächsten
Wagen der Métro nach Piräus
wechselt dem nächsten und dann
dem nächsten es wird schwächer
und schwächer ich weiss es

Es ist das Lied von Leben und Tod
auf diesem letzten Akkordeon
die Katzen gibt es noch gibt es
noch das Meer und die Insel Ägina
alles ist bis zur Kenntlichkeit
verblasst das Akkordeon stumm

Ägina

Ich werde an Land begrüsst
wie ich vom Wasser steige
nach Jahrzehnten von meiner
Frau als wir jung waren

Jetzt mag ich nicht einmal
in den Spiegel schauen
die späte Sonne bleicht uns
alles ist belanglos papieren

Wir müssen die Katzen hüten
Äste schneiden wir bewegen
uns wie neben uns her als ich
das Tragflügelboot betrete

Nachten das glitzernde Wasser
die Berge die Jahrzehnte ein
zieht Dunkelheit rasch den
Vorhang vor ein Jahrhundert

Philosophenturm

Die Obristen hatten euch
vertrieben bis in den Hamburger
Philosophenturm und die
Wohngemeinschaft beim Hafen
einem Hafen immerhin

Du und deine Gefährtin
die Genossen aus dem Süden
musstet uns Jungen Herzlichkeit
lehren Freude zu leben
auf den Verbannungsinseln

Werden wir Feriencamps
einrichten sagtest du Labors
zur Befreiung der Welt bist du
danach in einem Hafen gelandet
der dein war mit den deinen

Rauch der aus dem Kamin
über dem Haus aufsteigt
die Gewissheit hier sind wir
gestrandet zu unserem Genügen
auf Erden so lange wir sind

Östlich von Salvador de Bahía

Ich hörte griechische Musik
immer wieder griechische Musik
gegen die nicht endenden Samba –
Rhythmen aus San Salvador
gegen den mürrischen Türkenhändler
an der Ecke das *Millenium Wheel*
auf der anderen Seite der Themse
ihre Rat- und Rastlosigkeit
dann brach der Latina-Zauber
aller Samba in Jammer und Zorn
mir war als hätte ich das nicht
gelebte Leben gar nie gelebt weder
das griechische noch das in Bahía
oder auf der anderen Seite der Themse
wir schreiben Hieroglyphen auf
um das entschwundene Leben
zu verstehen es bleibt gelöscht

Juni vierundvierzig

Hier ist die Erde bitter,
es ist die bittere Erde von Distomo
Jannis Ritsos

Hier waren als ss-Grenadiere
die zweihundertundachtzehn Bewohner
aufschlitzten köpften erschossen vergewaltigten
verbrannten die Hunnen Europas die Herren
über den Tod die befehlsgeilen Leutnants
längst alle schuldig geworden

Komeno Kalavryta Kephalonia
sechzigtausend ermordete Zivilisten
fünftausend erschossene italienische Soldaten
achtundfünfzigtausend nordwärts verschleppte
Juden getötet kein Täter je verurteilt
kein Reuegeld jemals erwirkt

Aber hier in Distomo gewannen
drei oder vier Zwanzigährige ihre Unschuld
zurück die sie nie zuvor besessen als sie drei
oder vier Kindern den Weg wiesen sich
zu verbergen vor ihresgleichen drei
vier Gerechte unter den Barbaren

IV

Die Möwen zerfallen im Flug

Sagt der Engel

Gib nicht auf sagt der Engel
über meine Schulter gib nicht auf
was denn? frage ich alles sagt
der Engel deine Gedichte
zu schreiben aus aller Asche

Und allem Geschrieben
dem grauen Leben und den
wenigen Goldkörnern schreibe
Worte wie Schnee und wie Tau
die fallen und wieder vergehen

Lebe ein Leben wie aber? frage ich
dass es deinen Worten erlaube
ins Wesen der Welt zu weisen
weil du ihnen zur Seite gehst
und sie auf dich zulaufen

Beffroi de Lille

Hoch ragt der Glockenturm
in den blauen Winterhimmel
hier herrscht die Weltlichkeit
über die grauen Kirchen

Als hätten die flämischen
Schildermaler die Türen
der Backöfen aufgestossen
potjevleesch Zuckerwatte

Muschelschalen Zipfelmützen
hoch trägt das Riesenrad
wogen die Massen verstärkt
an die Stände dröhnt betäubend

Die Musik von Weihnacht wie
fern ist droben der Beffroi wir
vermögen uns unserer irdischen
Seele kaum zu erinnern

Saint Lambert

Der kleine Platz
um die grauklotzige Kirche
das backsteingelbe Schulgebäude
das schwanweisse Wohnhaus

Zuoberst der Umlauf
des schmalen Balkons vor den
hohen Fenstern über den Bäumen
unten die stillen Strassen

Oben die rauschende
Ader von Verkehr und Kommerz
wäre wer weiss eine bleibende
Wohnstatt ohne Worte gewesen

Dezembertag

für Michel Roult

Die ergraute Avenue
ragt zahnlöchrig steinern steil
über unseren Köpfen in die
Bläue um unsere Füsse

Spült altes Laub jetzt
und hier ist es ein Leichtes
jünger zu sein als wir waren
aber uns fehlen dafür die Worte

Vaterland

Würde mir mit Worten
gelingen zu erklären was sich
seit deiner Zeit auf Erden verändert hat

Würde ich mit Worten
erreichen von dir zu erfahren
wer du gewesen bist vor meiner Zeit

Würdest du allein aus Worten
verstehen warum ich gegangen bin
Würde ich verstehen wie fern ich dir war

Ob nah ohne Worte ich
dem Schatten bin der du bist
ich selbst schon im wachsenden Schatten

Die Himmel im Winter

Die granitgraue Fläche des Wassers
bis zu den jenseitigen Ufern bevölkert
von weissem von schwarzem Gevögel

Hinter dem schon nur noch erahnten
Kirchturm im Dunst die braunen Wälder
verschwommen mit dunklen Hängen

In übermenschlicher Höhe darüber
die Berggipfel weiss schimmernd
ins sphärisch dunstige Blau der Lüfte

Anzuzeigen dass in weiter Entfernung
vom Wintersee ein Anfang ist mit den
Farben der Erde dem Licht der Himmel

Die Möwen zerfallen im Flug

Der Winter zerfällt zu Leichtigkeit
am Landungssteg döst einer
auf der Bank an der blauen Sonne
Mutter und Kind aus dem Kinderwagen
recken die Hälse wie Schlafwandler
unter kahlen Platanen die Luft schmeckt
ohne linden Hauch leer und aseptisch
die Gasthäuser sind geschlossen
verbannt sind Nachtmahr und Dunkelheit
es braucht keine Worte die Welt ist
unerheblich nur die Möwen schreien und
zerfallen im Flug über dem Wasser
wie die Worte die ihnen folgen

V
Arabia felix

Der Mensch ist frei nur wo er die Macht hat sich alleine gegenüberzutreten

Schiiten morden Sunniten morden
Krieger Allahs töten solche die Himmel
und Erde trennen Kurden bringen Araber um
muslimischer Mob liquidiert autochthone
Christen in Kairo Aleppo Bagdad

Tripolis morden sie einander
um die Wette arabischer Frühling taucht in
arabische Nacht kein Machtschacher der Welt
hindert sie keine Pax Augusta unterm
Soldatenstiefel Christen schlachten

Muslime in Bangui Dumme
ermorden Arme im Geiste westliche
Legionäre mit schwerem Gerät sichern
mit ihrer Haut den Profit den sich irgendwann
irgendwer aus ihrem Sold schneiden wird

Das Sein hat vom Bewusstsein
längst keine Macht ergriffen Revolten
tauschen den Stiefel im Nacken aus derweil
gütige Herrscher zum Gebet in die Moschee
zum Tee in die Shopping Malls bitten

Geduldige Sehschärfe

Ich möchte den schnellen Blick
den zupackenden gegen den langsamen
tauschen den ich auf der eigenen

Haut spüre der keine Musik
aus dem Hintergrund braucht unvertraut
auf den muschelversteinerten

Lavastein schaut staubige Palmen
gezackte Berge die heimischen Vulkane
im farbwandernden Licht des Tags

Über dem See ich möchte
behutsam sehen können eingedenk meines
Körpergespints und meines Todes

Müsste mein Blick geduldig
erkennen müssten meine Worte wägen und
klar klingen hell wie Kristall

Arabia felix

Die Beduinen sind von den Kamelen
in die Toyotas gestiegen
haben die Flinte gegen den Zapfhahn
getauscht die Zeit ist ganz neu
alt sind die schwarzen zackigen Felsen
die aus dem Erdinnern gestiegen sind
vor aller Zeit wir nippen am Wüstenöl
das sprudelt als spottbilliger Sprit
am sündhaft teuren italienischen Wein
den schon der Prophet beim Import
auf die Hochpreisliste gesetzt hat
sind am Rand der Geschichte angelangt
und wohl auch in ihrer leeren Mitte
Ölfriede in Dhofar in Hadramaut
Stammeskriege wie eh

Beschleunigter Lebenslauf

Brunner Alois Bauernsohn
aus dem Burgenland traurige
Scholle kleiner NS – Funktionär
Eichmanns rechte Hand in Wien
zu höheren Aufgaben ins Altreich
Kommandant in Drancy der Slowakei
gefürchtet kein Schreibtischtäter
hundertdreissigtausend zum Tode
befördert einige eigenhändig
den jüdischen Spekulanten Bose
glühender Antisemit in Damaskus
willkommen bei Hafiz al-Assad
nie ausgeliefert Todestag unbekannt
begraben bei Latakia Mittelmeer
kein Blick auf triste Scholle
Wien judenfrei in die Kamera

Säntis und See

Kurz nach Schloss Heiligenberg
wuchtiger Klotz über unseren Köpfen
geht der Blick in der Dämmerung
zum weissen Massiv des Säntis hinüber
der Spiegelfläche des Sees am Grund

In den Schluchten und Spalten
der gebietenden Berge verborgen all
meine Archive von den Wüsten Arabiens
allen Kriegen den halber Hand Lieben
gelebt all meiner verwesten Trauer

Im Angesicht der Schale in der wir
aufgefangen sind lasse ich sie für eine
Weile ruhen in der blau gerandeten Nacht
auf der erleuchteten Fähre hinüber
und darüber hinaus bis zum Tag

Hafen mit alten Vulkanen

Über dem Anblick des Leuchtens
das plötzlich in aller Luft auf allen
Zäunen und Zweigen glänzt darfst du
das Grauen der Welt nicht vergessen
das keine Aura hat und keine Namen

Über dem Wissen vom Gemetzel
der Welt unerreichbar hergezoomter
Brutalität darfst du den Hafen nicht das
Glänzen noch die Vulkane vergessen
dein Ohr am Lamento des Erdballs

Im Windschatten

In Homs nie erwähnt nicht einmal
auf dem Weg von Damaskus ins
uralte Aleppo hängen zerschossene
Gitter vor zerschossenen Fassaden
einstürzender Gebäude nur noch

Durch zerborstene Wohnungen
bewegen sich Verteidiger zu ihrem
Schutz möge Gott uns als Märtyrer
für die Freiheit zu sich nehmen nur
Vogelgezwitscher noch und Granaten

VI

Im falschen Leben das richtige

Vieille Amie

Ich brachte zum Dîner
die Abendzeitung mit die
am Mittag erschienen war
sie las sie nach dem Essen
kaum je noch ich stand links
sie stand immer rechts
wenn wir vor dreissig Jahren
irgendwann aufstanden
heute sagt sie bring die Zeitung
mit für die Katze dann
führt sie sie noch am Abend
oder am kommenden Morgen
dem rechten Gebrauch zu

Who is he?

In der Schlacht von Monte Cassino
Januar bis Mai vierundvierzig führten
polnische Einheiten als Maskottchen
einen syrischen Braunbären mit der
als Skulptur nun in der Ausstellung

Britischer Künstler in Basel steht
Winter Line heisst sie: Frontverlauf
der in der Ukraine am Ende des Winters
unklar verläuft während sich Behinderte
aus aller Welt just in diesen Tagen

Zu den Paralympics nach Sotschi
begeben wo schon die Zaren die Völker
des Kaukasus unter die Knute zwangen
Sport ist eine Welt fern von Politik und
Geschichte Einsichten und Aufklärung

Besorgt stets die Kunst der syrische Bär
der Polen von Monte Cassino das Blatt
mit Rilkes *An die Musik* als *Performance*
dem Rhein übergeben ein Abguss
der Hand von Paolo Virno *Winter Line*

Im falschen Leben das richtige

Während sie drinnen am TV
über die Krise in der Ukraine talken
harte Bandagen gegen Besänftigung
beatmet geföhnt vom immer gleichen
Werbewind der Ertragsmaximierung

Der Lebensentäusserung schaue ich
auf der monddunklen Terrasse wie
die Märzsonne spriessende Zweige
und Blätter der alten Rosenstöcke
befeuert hat und bedenke ob unser

Schreiben geeignet sei aus uns
heraus und uns gegenüber zu treten
stark genug Todesangst zu parieren
den Werbeflächen des Lebens
entgegen dem Strom zu schwimmen

Demut

In dem Glänzen aus Gelb
Weiss Rosa und starkem Blau
in das wir geblendet taumeln
Forsythien Magnolien japanische
Kirschbäume ergriffen hochzuschauen
zu den Wundern des Himmels über dem
Garten Gottes ist mir alle Zeit gänzlich
entfernt gewesen so versuche ich
diesen blühenden Tag in Gewissheit
der Endlichkeit in mein langes am Ende
kurzes Lebensgedächtnis einzufrieden
das mit mir verschwinden wird

In den Lüften liegen

Es ist als könnte nun
die Seele neben allen anderen
endlich für sich selber sein
als könnte sie auf einmal
in den Lüften liegen fliegen
auf den Wassern gleiten
als sei sie neben all dem Tod
Zwang und der Pein der Welt
nur noch ganz bei sich allein
als könnten selbst die Angst
seit der Geburt vor Blindheit
Schwachsinn faulenden Zähnen
wucherndem Geschwür noch
auch der Liebe schwarze Flügel
die Seele länger nicht bedrohen

Reale Ratschläge

Achthunderttausend Leichen
allüberall in Gräben auf Wegen
auf Feldern und Türschwellen
zwanzig Jahre vorbei dabei
nichts vergangen in den Bäumen
den Seelen der schieren Luft
die fremden Mächte dazu zwingen
ihre Schuld zu benennen am Nutz
bringenden Rassismus der Tutsi
gegen die Hutu gegen die Tutsi
den Priestern der römischen Kirche
die zur Ausrottung des Ungeziefers
gerufen haben ihr Amt verbieten
die Täter die Opfer nicht schweigen
sondern reden lassen reden zuhören
und reden bei Wasser und Brot
bis zur Erschöpfung von Neuem

Reichtum ist ein scheues Reh

Diskretion sagt der Händler
war schon eine Tugend holländischer
Kaufherren im siebzehnten
Jahrhundert den Fundort von Spezereien
Diamanten niemals preisgeben

Minen weltweit Nickel Kobalt
Kohle seltene Erden Eisenerz auf eigenen
Bahnlinien zu eigenen Terminals
von der Krake verschifft um den Planeten
die Gemeinde am heimischen See

Diskret mit Steuergeschenken in
windigen Höhen beglückt dass die Indigenen
am Gewinn partizipieren möchten
kann er sagt der Händler neben der Statuette
der vielarmigen Göttin verstehen

VII

Des Wortes Schutz

Bewegtes Stillleben mit Avenue

Die zu grünen Karrees gestutzten
Bäume der Avenue drehen und wenden
ihr Laub im auffrischenden Wind

Grauer Himmel reisst auf weisse
Wolken gehen rasch unterm Blau
dahin das bald schon verschlossen ist

Was geht hinter sturmgezerrten
Platanen jenseits der Winde hinter den
grauen dann blauen Himmeln?

Nichts sagt der Engel ergreife
dein Teil von dem was dir nicht gehört
begreife was du nicht halten kannst

Geträumter Schweif

Ich räume meinen Hochsitz
über der Avenue dem Leben
ungeraden Stockwerken Schicksalen
Abgründen nächtens Luftgeistern
steige herab nur aus Worten die mir
folgen als geträumter Schweif
Pfauenkranz schillernd alsdann
ganz verschwunden im grauen Tag
wohin werden mich die ungesagten
Wörter tragen Herz der Welt
eingerollt in welch stille Strasse
welche fremde Stadt über dem Meer
weite Steppe einsamen Bauklüfte
unterm Himmel dass ich sie schreibe

Von der gerechten Sache

Geträumt ist alles
nur diese Wirklichkeit hier
ist wirklich da erträumt und dann
erzwungen wurde sie wie sie
sich immer wieder puppte wahr

Geträumt ist alles um uns her
nur was wir mit Geschick
im schwankenden Gespinst unseres
Seins vorwärts zu stossen wagen
kommt vielleicht dereinst zuoberst

Auf den Wagen doch Glück
und Klugheit werden selten nur
für die gerechte Sache langen
das Wahre bleibt zumeist allein
in einem Vers in einer Zeile hangen

San Giovanni di Pré

Die Via di Pré in schwarzen
Händen eng schattig von hohen
Gemäuern kleinen negozi
Telefon Gemüse kleinen Huren

Bis hinauf zu San Giovanni
am Hafen untere und obere Kirche
damit im Hospiz droben in der
Commenda unten alle teilhätten

An Gottes Wort Brestige
Pilger ins Heilige Land Tempelritter
die von See kommen zur See gehen
bedürfen des Wortes Schutz

Porta soprana

Christoph Kolumbus ist
gerade um die Ecke hier geboren
heisst es die zwei starken Türme
und das Tor wurden gegen Barbarossa
aufgerichtet sagt die Inschrift

Der vorher Mailand heimgesucht
und seinem Kanzler Reinhard
Erzbischof von Köln die Knochen
der drei Könige vermacht zum Dank
auf dass er darüber seinen Dom

Errichte liest man die Worte
verewigen die geträumten Taten
die Worte fliegen hoch wie die
schmalen Häuser ringsum der Juniabend
auf der Pian San André im Licht

Al sud del mio cuore

für Pippo Pollina

Im Süden meines Herzens
trage ich die Liebe fort
die mich noch stets geflohen
hat bis in den hohen Norden

Im Süden meines Herzens
leben alle Niederlagen nach
die wir ererbt und dann nochmal
als kleinen Hohn erlitten haben

Im Süden meines Herzens
liegen das helle Land Geliebte
und Genossen im Norden
herrscht der kühle Blick auf die

Bilanz des Lebens im Süden
lebt die Seele lebt ihr weiter
im Süden meines Herzens ist
uns das Schicksal gütig heiter

Im Norden meines Herzens
kann ich den grimmen Winter
ahnen das stumme Ende im Süden
bleiben wir für immer Partisanen

Die Briefe von damals

in memoriam Izet Sarajlic
(1930 – 2002)

Ich war vor kurzem wieder dort
aber ohne uns drei und uns alle ist
Belgrad wie jedes beliebige Oldenburg
oder Olten wir fehlen mein Freund
der Stadt wir fehlen einander

Dann kamen die Briefmarken
von den Winterspielen viel später
die aus Rumänien dann in Frankreich
frankierte Feldpost da war Sarajevo
tot und du bist daran gestorben

VIII

August friert Seelen ein

Entschuldigung

An meinem verborgenen Ort
am See erreicht mich von einem
entlegenen Erdenfleck die Einladung
an den entfernten Atlantik Amerikas
zu reisen zum Festival der Poesie
in Bluefields Nicaragua wo man von
mir weniger weiss als von Eskimos
ich hier von Kreolen die kein Spanisch
sprechen Ernesto Cardenal bin

Ich natürlich nie begegnet
nach Bluefields Piratennest gelangt
man durch Wälder über Berge über
Seen auf Schotterpisten durch die Luft
die Poesie hat niemals haltgemacht
vor Göttern vor Vulkanen die Poesie
ist ein Gerät der Lüfte und der Gleichheit
aller leider kann ich ihr dies eine Mal
bis Bluefields nicht entgegenfliegen

20. Juli Gaza

Während im Fernsehen
die soundsovielte Dokumentation
des Attentats der letzten Chance
gezeigt wird der obligatorische
Film über den Putsch der Junker
da Demokraten Sozialisten Juden
lange schon im KZ verrotteten
verjagt waren ermordet

Klagt eine alte Frau in Gaza
dass sie seit achtundvierzig
nun zum zehnten Mal vertrieben
sei Rauch Schutt Getöse um sie
ihre letzten beiden Kinder verloren
habe die Gepeinigten werden die
Peiniger die Söhne der Gehenkten
zu Henkern Auge um Auge

Die Ebene der Tonkrüge

Unter den grau lastenden Wolken
sind wir immer schon angekommen
gleich bleibende gleich machende
Zeit ob in Zwickau oder Zagreb
in Bombay oder Bologna

In den laotischen Hochebenen
führte die CIA den verborgenen
Krieg warfen die Bomberpiloten
mehr Bomben ab als über Japan
und Deutschland zusammen

Im letzten Krieg für die Freiheit
bekam Henry Kissinger der
die Bombardierungen angeordnet
den Friedensnobelpreis für das
Ende des Völkermords in Vietnam

Unter den grau lastenden Wolken
in der Ebene der Tonkrüge ist
das Volk der Hmong ausgelöscht sind
die Krüge der vorzeitlichen Riesen
verschwunden wie von Geisterhand

In der alles gleich machenden
in der ewig gleich bleibenden Zeit
schaut trauernd über die Hügel der
überlebensgrosse verkohlte Buddha
zu dem der letzte Mönch betet

Wie ich gekommen bin

Zuletzt erinnere ich
die junge Frau die aus
dem Halbschatten unter dem
grauen Himmel den dunkelgrün
verregneten Bäumen vorbei
an St. Lambert einsam hinauf
zur Rue de Vaugirard joggt

Ich verlasse die zubetonierte
Insel Frankreichs landfressende
Autobahnen sterbende Dörfer
bröckelnden Putz Pont Alexandre III
goldbetresst steckenbleibende
Aufzüge den alten Freund der mir
zum Abschied drei Bücher

Schenkt zur Lektüre eines
rätselhaften Landes ich lasse
eitle Regenten zurück Rückzügler
Kleinhirnigkeit Dumpfroutine
keinen Hauch von Lustaufbegehren
ich gehe wie ich gekommen bin
im Herzen das andere Leben

Trostgesättigt

Hier wölbt den Tag
kein hoher Abend ein und kaum
ein wahrer Sonnenschein steht
über Sommerwiesen

Kein Sternenhimmel
lässt die dunkle Erde schlafen
zu dem hoch im Traum wir blicken
als unserem entlegenen Hafen

Kein lichtes Dach
legt sich übers Jahr und unser
Leben dem wir in der Erinnerung
alle Dunkelheit vergeben

Und trostgesättigt dann
durch kalte trübe Monde
gehen bis laue Luft uns raunt
dass wir allein im Licht bestehen

Weit entfernte Blitze
von Raketen Donner von Kanonen
uns auch im sterngeborgenen
Dunkel ein Leben lang verschonen

August friert Seelen ein

August friert Seelen ein
die gehen jetzt in Mänteln
klauben die Nüsse vom Oktober auf
und zählen schon die Tage in den
Winter die schenken keinen Blick
her nicht einen Cent die bergen
in den Taschen alle Pfennige
die gehen an der Uferpromenade
lang und sagen aller See
sei schiefergrau von allem Anfang
und alle Krisen und Verluste
unter dunklen Wolken seien
ausgeheckt von jedem Anbeginn
von Fremden an ganz fernen Orten
und item anderen zu belasten
mit schwarzem Schirm geht er sie
mit der schwarzen Tasche schwer
und Schwäne bitte sehr sollten
ihre Brut doch jetzt allmählich
für den Winter aufgezogen haben

Dies ist ein Gedicht

Im August zweiundvierzig
an einem warmen Sonnentag unter
dem weiten Himmel zwischen
Maisfeldern irgendwo im Westen
der Ukraine schiesst ein versprengter
Partisan einen Wehrmachtssoldaten
von seinem Motorrad herunter
die Kradstaffel liquidiert sodann
in einem naheliegenden Weiler
eine Grossfamilie einer für alle
sagt der Oberfeldwebel
alle für einen so viel zum Geist
des modernen Mannschaftssports
zu einem verspäteten Gedicht
das des Mords und seiner Billigung
anklagt wenn die Nachrichten
Jahrzehnte später des Nachts lange
gelöscht die Bildschirme endlich
zu flachen Tafeln erlöst sind

IX
Auskunft über das einfache Leben

Die vor mir waren

Warum erinnere ich
keine blauen Tage hoch hell
heiter rückhaltlos und voller
Vertrauen wenn ich eurer
nach Dekaden gedenke

Senkt sich über graurosa
gerippten Wolken Zugvögeln
schwarzen Punkten hoch oben
aus dem ätherisch entfliehenden
Himmel eine alte Trauer

Palmenhaus

Wir spielen Boule
im verwilderten Garten
des Palmenhauses essen Brot
Käse und Kuchen trinken
die Weine niemand schaut
durchs dichte Gebüsch von da
draussen herein dann steigt
die Nacht allmählich aus Büschen
und Gräsern senkt sich aus
hohem Gewölb herab auf den
zuwildernden Garten wir verlaufen
uns in die Stadt die sitzt vor Cafés
Bars im Dunkeln und auf Terrassen
stehen unter Bäumen und trinken
ein letztes Glas auf niemand
keiner schaut von draussen herein
wir sind bei uns allen allein

Gladio

Die Bombe im Bahnhof
von Bologna hat uns verfehlt
wir hatten zurück ein Flugzeug
bestiegen du lebst sicher seither
kein ungesichertes Leben

Der Tag im August hat
einen Schatten gelegt zurück
in die Vergangenheit seit meiner
Geburt haben sie alles zerstört
was sich regte Bahnhöfe

Weggebombt Regierungen
sich mit Nazi-Diensten Mafiosi
Faschisten zusammengerottet
unsere Befreier haben nicht
gezögert uns auszubürgern

Mich hatten sie lange vor
jenem Tag vertrieben aus dem
Land das nie bei sich war und so
furchtbar bei sich Gladio bringt
alles in Verdacht was gewesen ist

Feltrinellis Tod am Leitungsmast
die Ermordung des Aldo Moro
die Selbstmorde von Stammheim
das Oktoberfestattenat in München
unsere kleinen und kurzen Siege

Unter dem Codewort Gladio baute die CIA nach 1945 in Westeuropa geheime paramilitärische Einheiten auf, die im Notfall Partisanenkrieg führen und missliebige Regierungen destabilisieren oder beseitigen sollten. Ihre Anschläge wurden stets Einzeltätern oder der Linken zur Last gelegt.

Sogar Hoffnung

Ach wissen Sie
die Welt selbst gerät ja ausser
sich Wirtschaft die Finanzen
die Herren säen Chaos und
ernten Tonnen Profit wie
soll man sagen
alles dreht sich und steht
auf dem Kopf Krisen Kriege
man möchte meinen überall
und dazu lichterloh was
soll man sagen
alles hat sich verkehrt und
umgestülpt schauen Sie
wie das Licht den Blick vom
Hafen aufs offene Wasser den
weiten Horizont führt was die
Altvorderen aber für ein Meer
anschauten kommt bald schon
an sein Ende es ist nur ein
kleiner ein Binnensee
mithin gibt es sogar Hoffnung
auf einen Sieg der Endlichkeit

Alice

Auf einmal ein Sehnen
der Wunsch dich zu berühren
seit dreissig Jahren und mehr
nur mehr ein Schemen

Ich habe dich kaum verstanden
Männern darf man nicht helfen
das haben wir schnell gelernt
dein Berndeutsch dann ich

In deiner Begleitung durfte ich
durch Winterwiesen spazieren
du hast meine Wange berührt in
den Kissen so niemand schaute

Hast nachher meine Verbände
gewechselt meine Frau war
auf einem Seminar und davon
du wärst mein Leitstern gewesen

Du bist zurück in deine Berge
gegangen ich halte noch einen
Brief in der Hand und berühre
in der Luft ein goldenes Nichts

Auskunft über das einfache Leben

Woher auf einmal die tiefe Trauer
wo doch die Tage ziehen wie stets
von wo spricht die alte Schrift
einer Hand die du nicht kennst
und plötzlich entdeckst du
weit zurück neben allem Gewimmel
die Bresche die allein dich in die
Welt geführt hätte am einzigen Ort
die einzige Frau weit und breit
die dir sagt dass du allein ihr
genügst dass ihr glücklich seid
woher auf einmal die grosse Trauer
wo doch die Tage ziehen wie stets
die dich niederhält weil du weisst
du zahlst jetzt allein ihre Zeche
hast vor aller Zeit falsch gewählt

Wie eine Feder übern Himmel

Der Tag ist glänzend hell
die Kegel der Vulkane weit
entfernt die Blätter fallen braun
und leise drei Boote stehen
still im Hafen nicht Ruf noch
Schläge hallen das Jahr ist
durchgezogen der See hat alle
Krisen Kriege sanft verschlafen
der Tag ist leicht wie Laub als
wäre er von aller Sommerlast
befreit dass du dich kaum noch
spürst und gleich jener weit
entfernten weissen Wolke wie
eine Feder übern Himmel führst

X

Palermitanische Nacht

Santiago Matamoros

Die Statuen der Heiligen
sind schwarz vom Regen
auf den Mauern spriesst Moos
auch auf der breiten Krempe
deines Huts Matamoros Jakob
du Schlächter der Mauren
Gezweig stösst durch die Mauern
auf den Dächern spriessen Büsche
ihr seid gegen Süden marschiert
die grossen Güsse liessen nach
lieblicher wurden die Landschaften
und wärmer zurückgeblieben
sind allein die Stein gewordenen
Träume der katholischen Könige
die Hybris der ewigen Inquisition
der gemeisselte Traum des Meister
Mateo von der Wurzel Jesse zum
ewigen Licht die Krieger des einen
Gottes brennen jetzt anderswo

Palermitanische Nacht

Der afrikanische Mond
hängt falsch herum am nächtlichen
Himmel den die Lichter der Stadt
fahl beleuchten falbe Nacht
die in den engen Gassen gnädig
die Wunden der Zeit bedeckt
der posaunende Barock zerbröselt
die Gesichter der Putten zerkrümeln
Stadt der Hauteville Staufer Anjous
Aragonesen Bourbonen der Herren
über Latifundien der Omertà
Stadt der stets betrogenen Welt
auf der Piazza Bologni
ist dem siebenköpfigen Adler
im Sockel der Statue Karls v.
Herrscher der Welt ein einziger
Kopf einer seither nur abgebrochen

Zisa

Im Jahr des Herrn 1149
unter König Roger dem zweiten
liess ein Priester eine Grabplatte
für seine verstorbene Mutter
anfertigen die im Castello Zisa
wohin allein kein Fremder findet
zu besichtigen ist
ihre Inschrift ist in lateinischer
griechischer hebräischer
und arabischer Schrift vierfach
variiert in drei Sprachen abgefasst
Möge Gott dem der dies liest
und für Annas Erlösung betet
gnädig sein Amen Amen
Aziz das glänzend Erhabene hat
dem Schloss in den Hügeln über
der Stadt den Namen geliehen

Normannenspuk

Es gab ein Reich des Spuks
der Toleranz hinab im Mittelalter
gegen Afrika der Hauteville Guiscards
Grafen von Lombardien und Pulle
Könige von Sizilien verwaltet klug
von Diwan und Amiral Emir der Emire
Hofmarschall Muselmanen mosaischen
Beratern es gab Latein und Griechisch
aus Byzanz Arabisch Alphabete vier
Französisch gibt es nicht vielleicht
das Kauderwelsch der Herren
von weit gekommen oder Volkes
unvergorene Sprache den östlichen
Cäsaren im Normannenharnisch
Friedrich der Staufer setzt dem Traum
sein einsames Licht auf und ein Ende
ohne Sarazenen kein Spuk mehr
Herrschaft die zerfällt kassiert wird
und verteilt an christlichere Mächte

Was für ein Land

in memoriam Hans Robert Jauss (1921 – 1997)

Was für ein barocker Spuk
der Nichtigkeit von Welt und Zeit
und Menschenkindersein in dem ein Täter
einem Inkriminierten beisteht in was für ein
Land bin ich geboren worden das jemand
der gegen die Neueinsetzung der Besiegten
aufstand nach Genozid und Höllentod
verbot zu unterrichten als Postbeamter

Zu verdorren oder Züge zu befördern
und dem als einziger in rückengerader Pose
die einst die eines Herrenmenschen war
beisprang der von der Junkernschule
Hauptsturmführer zuerst als Betrüger
interniert dann zugelassen als Student
in Heidelberg zum Schluss weltmondäner
Miterfinder des Spuks vom Leser

Als letzter entscheidender Instanz
ein Welttheater das den Urheber einer
Schöpfung zuletzt löscht aufgeklärt
zur Penetranz im Geist der Zeit Ablenkung
auf das Sekundäre ich fasse meine Trauer
nicht die Verwirrung mein Entsetzen
über manch fürsorgliche Gesten
den scharfen Brief an den Minister

Wohin versteckt Eisernes Kreuz 1. Klasse
Deutsches Kreuz in Gold Nahkampfspange
Partisanenkampf in Kroatien man weiss
jetzt was das hiess eiserner Mann

Karger Abschied Paris

Worauf ich lange vergeblich
gewartet hatte Millionen für »Charlie«
freie Meinungsäusserung freie Presse
Freiheit von Zwang Freiheit zu leben

Die Presse aber gehört längst Bankiers
Baulöwen Investoren Waffenhändlern
ihnen gehören der Staat und die Freiheit
Christen Muslime Agnostiker gestossen

Zu einem Brei Ahmed hat resigniert
fährt mit Diplom ein Taxi Ahmed
der Polizist stirbt durch die Geschosse
seiner verheerten Glaubensbrüder

Meinen Freund Maler des Minimalen
in harscher Zeit nährt die Stadt
lange schon nicht mehr zum Genügen
den Freund von achtundsechzig

Vor aller Zeit finde ich in die Vorstadt
versprengt Security – Mann auf einem
der Flughäfen vertieft in die Geschichte
des Lands seiner jüdischen Vorfahren

Adieu! Ich nehme Abschied von euch
die ihr versiegelt seid in unseren
begradigenden löchrigen unseren
verwunschenen Erinnerungen

Wer aber von dem entfesselten
ökonomischen Kreislauf nicht reden
will sollte auch vom verblendeten
Terrorismus endgültig schweigen

Zuruf

Am Ende bist du allein
wie ein Hund unterm Mond
mit allen die dein Alleinsein säumen
mit allem was dich quält und beträumt

Am Ende des Jahres aber bedenke
ich jene die ich von fern begleite
Lucia ist vier mit frechem Mäulchen
Angie achtzig mit fröhlichem Mundwerk

Die unter den fallenden Flocken
beliebig behaust bei sich sind im Schein
des Lichts allein ihre Münder spitzen
in die Zukunft fallen in allen Worten

Jochen Kelter

Hier nicht wo alles herrscht

Gedichte

Mir scheint als sei
die Verheissung mit Hitze
Kälte Sturm ganz missraten
und habe die Stimmen
aus diesem Leben verweht

Es habe gleich diesem
Sommer gar nie begonnen
mir träumt es warte noch
unter den dunklen Bäumen
das Glück der Welt

Jochen Kelter ist ein staunenswert produktiver *homme de lettres*, ein wunderbarer Erzähler und Übersetzer, zudem ein großer Förderer von Kunst und Literatur, über allem aber: ein Lyriker ersten Ranges. »Seine Gedichte«, schrieb die *Basler Zeitung*, »sind leuchtende Kompositionen«.

Büttenbroschur, 115 S.
978-3-86337-070-1
Auch als eBook erhältlich
978-3-86337-081-7
weissbooks.com

weissbooks.w

Jochen Kelter

Die Möwen von Sultanahmet

Gedichte

Silsersee

Die steile Bergwand
ist jetzt in der Dunkelheit
eine hohe bedrohliche Wand
aus schwarzen und hellen Flecken
die auf das Dorf und uns
herabstürzen möchte

Davon dass dies nie
geschehen zeugt der graniten
gedeckte Turm von San Lurench
und das wuchtige Steinhaus
mit Erker und Sonnenuhr
vor unserem Fenster

Aber der Anschein
der Welt das wissen wir
ist nicht das Wesen der Welt

Kelter versteht es, »Landschaften, Jahreszeiten, Gerüche oder Erinnerungsbilder vor das Auge des Lesers zu zaubern.« (Roman Bucheli, NZZ) *Und ihn, den Leser, zu verzaubern.*

Büttenbroschur, 114 S.
978-3-86337-017-6
Auch als eBook erhältlich
978-3-86337-091-6
weissbooks.com

weissbooks.w

Jochen Kelter
Wie eine Feder übern Himmel
Gedichte

Konzept Design
Gottschalk+Ash Int'l

Satz
Publikations Atelier, Dreieich

Umschlaggestaltung
Julia Borgwardt, borgwardt design
unter Verwendung eines Motivs von
© gabbiere/fotolia

Foto Jochen Kelter
© Franzis von Stechow

Druck und Bindung
CPI Clausen & Bosse, Leck

Printed in Germany
Erste Auflage 2017
ISBN 978-3-86337-124-1

weissbooks.com

Dieses Buch wurde auf FSC®-zertifiziertem Papier gedruckt. FSC® (Forest Stewardship Council®) ist eine nichtstaatliche, gemeinnützige Organisation, die sich für eine ökologische und sozialverantwortliche Nutzung der Wälder unserer Erde einsetzt.

FSC
www.fsc.org
MIX
Papier aus verantwortungsvollen Quellen
FSC® C083411